AF496212

ENCORE

DES

FRAGMENTS!

PAR

UN RIMEUR INVÉTÉRÉ.

PARIS,
GARNIER FRÈRES, LIBRAIRES-ÉDITEURS,
Rue des Saints-Pères.
1868.

ENCORE DES FRAGMENTS !

PAR

UN RIMEUR INVÉTÉRÉ.

SOUVENIR DE JEUNESSE.

I.

A Monsieur D...........

Conseiller de cour impériale.

Ami, le tiers d'un siècle a passé sur nos têtes
Depuis ces jours heureux dont nous goûtions les fêtes.
Pleins d'une jeune sève et nous donnant la main,
Nous marchions côte-à-côte en un joyeux chemin.
Même nombre de jours ! j'étais votre sosie,
Et nos âmes aussi, sœurs par la poésie,
S'élançaient quelquefois jusqu'aux cieux étoilés.
Puis, grands évènements ! dans les temps écoulés,
Nous avons vu passer les rois, la république,
Vous, grave magistrat, moi lutteur politique.
L'étude était pour vous la joie et les plaisirs,
Le Tasse et l'Arioste occupaient vos loisirs :
Des poètes divins embrassant le génie
Vous nous avez transmis des torrents d'harmonie ;
Moi, j'ai peint de nos jours les sombres passions,
J'ai tracé le croquis des révolutions.

Pars minima fui, mais à chacun son rôle,
Puis au démon des vers j'ai rendu la parole.
Vous qui charmez aussi notre arrière-saison,
Qui savez allier la rime et la raison
Interprète élevé des lois et des poètes,
Ami, de mon foyer recevez les bluettes,
Et de notre jeunesse, aux temps qui vont finir,
En resserrant les nœuds portons le souvenir !

II.

L'HELVÉTIE.

Souvenir de la Fête des Vignerons.

A Madame P.....

PROLOGUE.

Quels sont ces flots humains qu'emporte la vapeur,
Sillonnant à la fois le lac et la hauteur?
Quelque nouveau César, ressuscitant les âges,
Va-t-il de son triomphe étonner ces rivages?
Aux pieds d'un conquérant les peuples frémissants
Viennent-ils apporter le tribut et l'encens?
Non, c'est la liberté qui préside à ces fêtes;
La paix et le travail ont aussi leurs conquêtes,
Conquêtes sans ravage et triomphe sans pleurs.
Les vainqueurs de ce jour sont couronnés de fleurs.
Jadis au champ d'honneur la muse de l'histoire;
A des enfants de Tell illustré la mémoire;
Au niveau des grands pics leur courage a monté;
La Suisse est sol de gloire et sol de liberté.

Aujourd'hui le travail les appelle en son temple ;
Ce temple est la nature ; heureux qui la contemple
En ces lieux rayonnant de toutes les splendeurs.
Là, des pampres fameux couronnent les hauteurs
Qui dominent ce lac où se mirent les anges.
L'horizon devant nous prend des formes étranges.
Spectacle sans égal ! contrastes saisissants !
Pour peindre tant d'éclat mes vers sont impuissants.
Mais je veux esquisser des fêtes sans pareilles
Et du riant Vevey raconter les merveilles.

RÉCIT.

Devant l'estrade immense, aux yeux des conviés,
S'élèvent trois grands arcs aux décors variés,
Les drapeaux des cantons s'agitent dans l'espace ;
En ces jours d'union chacun a pris sa place.
Enfin le canon tonne au roc de St-Martin,
Annonçant au public la fête du matin.
Soudain de tous les points s'élancent les vieux Suisses.
Des splendeurs de ce jour nous offrant les prémices.
Leur œil fier resplendit sous le bandeau pourpré,
La croix blanche s'étale au pourpoint bigarré.
Par des cuivres nouveaux les fanfares antiques
Rappellent les combats des guerriers helvétiques ;
Puis paraît un grand prêtre, un ministre des dieux,
Précédant de Palès le trône radieux.
L'aimable déité qui préside aux prairies
Respire les parfums des corbeilles fleuries.
De nymphes et d'amours son char est entouré :
Elle brille au sommet sous un dôme azuré,
L'éclair de ses beaux yeux enflamme son empire,
Et chacun de sa lèvre implore le sourire.

De son bras arrondi le suave contour
Envoie à ses sujets l'allégresse et l'amour.
Ainsi que son pouvoir son cortége est immense ;
A la suite du char une foule s'avance.
Voici venir d'abord de gracieux enfants
Portant fraîche guirlande et les dons du printemps.
Bergères et bergers s'élancent dans l'arène
Envoyant joyeux chants au trône de leur reine,
Faneuses et faucheurs , dans un groupe animé
Suivent du foin nouveau le transport embaumé.
Enfin les *armaillis* , fiers enfants des montagnes,
Conduisent un troupeau , l'honneur de ces campagnes ,
Et dont chaque mamelle enfante ce doux lait,
Richesse du pasteur et trésor du châlet.
Des tourteaux de gruyère ils montrent la fabrique,
Et du lait comprimé tout l'appareil rustique ;
L'écho répète au loin le ranz harmonieux
Cher au pâtre des monts ainsi qu'à leurs aïeux ;
Ce chant aux exilés rappelle la patrie
Et fait couler des pleurs de leur âme attendrie.

De l'aimable Palès ici finit la cour :
Une autre déité va paraître à son tour ;
Tout un peuple la suit : un prêtre la devance.
Cérès porte en ses mains la paix et l'abondance,
Et préside aux labeurs, aux trésors de l'été.
Un char d'un vif éclat porte sa majesté.
Elle a maintien plus grave et beauté plus austère ;
Des gerbes d'un blé mûr elle enrichit la terre.
Sur ces pas vénérés un cortége pieux
Vient célébrer sa gloire et rendre grâce aux cieux.

Ce sont les moissonneurs, les brunes moissonneuses ;
Un groupe de glaneurs et de fraîches glaneuses,
La charrue et la herse avec un char de blé.
Les semeurs, les batteurs, peuple dur et hâlé,
Se pressent à l'entour ; meuniers à blanche mine
Sur un char à tic-tac ensachent la farine.

Mais j'aperçois le dieu des bachiques exploits ;
C'est le héros du jour ; tout reconnaît ses lois :
Il apparaît enfin rayonnant sous la treille ;
Le nectar coule à flots dans sa coupe vermeille.
Quatre coursiers *tigrés* traînent le char divin
Où trône l'immortel qui nous donna le vin.
Sur les pas de leur dieu viennent les Corybantes,
Les satyres lascifs et les folles bacchantes.
Les faunes, les sylvains s'élancent à leur tour,
Députés du vieux Pan pour fêter le grand jour
Où triomphe Bacchus ; enfin le bon Silène
Sur son âne chancelle et boit à perdre haleine.
A la suite du char le chœur des vignerons
S'avance, accompagné de hautbois et clairons.
L'essaim des vendangeurs, les sveltes vendangeuses
Font retentir les airs de leurs chansons joyeuses.
Voici le haut pressoir, enfin les tonneliers
En cadence frappant les meubles des celliers.

Mais un nouveau cortége entre avec allégresse
Célébrant de l'hymen les transports et l'ivresse.
Ce sont vingt-deux cantons, aux noces conviés
En costume local fêtant deux mariés.
On admire, étalés sur le char du ménage
Le rouet, le pétrin, le berceau du jeune âge.

Près du lit nuptial ces emblêmes bénis
De travail et d'amour doivent porter les fruits.
Le cor a retenti ; les héros de la chasse
Apportent au festin le chamois, la bécasse.
Leur épaule supporte un canon meurtrier,
Et le rhododendron brille sur leur cimier.
Enfin un bataillon à la fière démarche
Du cortége pompeux vient terminer la marche.
Ce sont les fils de Tell, dignes de leurs aïeux,
Jurant devant le ciel d'être libres comme eux.

* *
*

Quel est le but moral de cette mise en scène?
Honorer le travail, récompenser la peine.
Parmi les viguerons, ces rudes travailleurs,
Soixante sont jugés dignes de ces honneurs ;
Deux d'entre eux couronnés trônent sous les guirlandes,
Et les dieux leur font part des célestes offrandes ;
Alors mille bravos éclatent dans les airs.
Et donnent le signal de multiples concerts.
Chaque grand-prêtre entonne un chant de circonstance ;
Des chœurs mélodieux préludent à la danse,
Puis des essaims nombreux, sur de vastes parquets,
Des trois divinités entament les ballets.
Les jardiniers fleuris, les vives jardinières,
Les pasteurs amoureux, les piquantes bergères
S'avancent avec art, s'enlacent tour à tour ;
Faneuses et faucheurs célèbrent ce beau jour.
L'image des travaux s'exécute en cadence.
Les enfants de Cérès succèdent à la danse,
Par des groupes actifs l'espace est inondé,
Ils coupent en mesure un sillon fécondé.

Enfin du dieu du vin les grandes bacchanales
Elèvent le ballet aux splendeurs triomphales.
Puis tous les cœurs unis en sublimes accents
Offrent à l'Helvétie et les vœux et l'encens.
L'hymne patriotique électrise la foule
Et sous les longs vivats le cortége s'écoule.
Un spectacle nouveau nous attend vers le soir :
De barques sillonné, le lac, brillant miroir ,
Réfléchit mille feux que respecte la brise
Et rappelle en ces lieux les fêtes de Venise ;
Des gerbes de lumière illuminent ses bords
Et l'onde retentit d'harmonieux accords.
Le bal rassemble enfin les cohortes fidèles ;
L voit s'humaniser les beautés immortelles.
Heureux les appelés de la blonde Cérès !
Heureux, trois fois heureux, les élus de Palès !

ÉPILOGUE.

Tel est l'humble récit de ces belles journées
Que notre âge revoit, dépassant leurs aînées ;
Le calme va régner après ce grand concours ,
Et le travail béni va reprendre son cours.
Ora et labora , cette antique devise
Arriva jusqu'à nous par les siècles transmise ;
Elle est la loi du monde , elle règne sur tous ;
En priant l'Eternel le travail est plus doux.
Adieu, chers habitants de l'antique Helvétie!
Adieu , parents , amis , qu'en mes vœux j'associe !
De ces jours merveilleux gardant le souvenir ;
Sur ces bords enchantés , venons nous réunir.
J'aime ces monts , ces lacs, ces torrents si rapides ,
Et ces côteaux féconds et des fêtes splendides.

Ici l'âme et les yeux ensemble sont touchés ;
Paix et bonheur à vous enfants de ces rochers !

III

LES GLOIRES DE LA VIGNE.

A Monsieur N. L......

Conseiller général.

La vigne de tout temps fut arbuste sacré,
Et dès les premiers jours son fruit fut vénéré.
Dans les jardins d'Eden , nos pères sous la treille
S'énivraient du doux jus de la grappe vermeille ,
Lorqu'un démon rusé , qu'on suppose normand ,
Leur fit goûter du cidre ; ..... On sait le châtiment ! ! !
La vigne en l'arche sainte a trouvé son refuge
Et le cep replanté consola du déluge.
Aux Juifs dans le désert Moïse donna l'eau ,
Mais Jésus pour Cana fit ouvrir son caveau
Et pour bien constater les progrès de l'Eglise ,
C'est encore dans le vin que Dieu se symbolise !
Sur le sol Bourguignon, favorisé d'en haut ,
Fleurit depuis longtemps un nectar sans défaut.
Un poète chéri feuilletant notre histoire
Y retrouve le cep importé par la gloire.
Brennus aux bons gaulois , nos illustres aïeux ,
Disait : « J'ai conquis Rome et j'en rends grâce aux cieux.
» Un trésor a payé votre valeur insigne ;
» De ces coteaux sacrés je rapporte la vigne.
» Un jour dans l'univers, ému de leurs exploits,
» Nos fils iront porter leur nectar et leurs lois,

» Et la vigne étendant ses branches si fécondes,
» De ses pampres joyeux enlacera les mondes ! »
Ainsi parla Brennus et le peuple Gaulois,
Agitant les framées, applaudit à sa voix.
Du héros Bourguignon les souhaits s'accomplissent ;
Aux décrets du très-haut les peuples obéissent.
Chantons l'hymne de gloire à ces vins généreux !
N'en altérons jamais le bouquet savoureux ;
Pour nous faire oublier le célèbre Falerne,
Qu'Horace avait célé dans un réduit interne
N'avons nous pas Meursault aux reflets si brillants ?
Montrachet, le vrai roi de tous les grands vins blancs ?
Tout près de ces grands crûs, les côtes chalonnaises
Forment brillant passage aux grappes mâconnaises.
Chardonnet, Mercurey, Moulin à vent, Thorins,
Savourons à longs traits vos juleps souverains,
Puis quittant les coteaux de notre belle Saône,
Revenons à Volney, Corton, Pommard et Beaune.
Romanée et Vougeot, Musigny, Chambertin,
Fermez par vos grands noms mon humble bulletin
Et de nos bons aïeux voulant nous montrer dignes.
Entonnons tous en chœur la gloire de nos vignes !

IV.

LE CONTRAT.

A deux futurs époux.

L'amour avec l'hymen sont rarement d'accord ;
O, disait le premier, sans te faire aucun tort,
Ne saurais-tu mon frère, admettre le partage ?
Contre moi tu t'inscris, voudrais-tu davantage ?

Les fleurs que j'ai semées éclosent sous ta main,
Et tu dois être fier d'en être le parrain.
Je sais, répond l'hymen, qu'on admet la coutume
Et que je suis souvent exécuteur posthume.
Mais ce rôle effacé n'est pas digne de moi ;
Je veux semer, cueillir et récolter sans toi ;
Tu t'adjuges parfois des dépouilles opimes,
Il est temps d'établir de plus fortes maximes.
Je marche avec le prêtre et le municipal,
Tu n'es que l'accessoire et moi le principal.
Soit, lui répond l'amour, chacun à sa manière
Poursuivra son chemin, fournira sa carrière.
Frère, séparons nous, bonne chance ! au revoir !
Ce qui fut dit fut fait et dès le premier soir
L'amour avait cueilli les roses les plus belles.
L'hymen désappointé cueillait des asphodèles,
Quelques roses fanées ou le jaune souci.
Le pauvre diable enfin vint se rendre à merci
Et l'amour l'accueillit comme un digne et bon frère.
Un contrat fut par eux passé devant notaire,
Nous en voyons la suite ; à partir de ce jour,
L'hymen devra marcher d'accord avec l'amour.

⚏

V.

LA RIME TROUVÉE.

A la Mémoire de Béranger.

Poëte bien aimé, ta verve délectable
Toujours dans nos banquets ranime la gaité ;
Célébrons avec toi les douceurs de la table
De l'Aï, du Pommard chantons la majesté !

Il fut, il fut un temps, que nul de vous n'en glose,
Où nous fêtions Vénus, la blonde enfant des mers.
Sans redouter l'épine, on lutinait la rose,
Et notre encens brûlait dans vingt temples divers.
Qu'est devenu ce temps ? .... Si l'amour a des ailes,
Figaro nous apprend que c'est pour voltiger.
Parfois nos souvenirs, seuls aujourd'hui fidèles
Renaissent à la voix de ce vieux Béranger.
Son luth, des temps anciens ressuscitant l'histoire
Fait revivre à nos yeux plus d'un songe effacé.
Des antiques lauriers il garde la mémoire
Et le présent s'anime aux reflets du passé.
Je voulais avec lui, franchissant l'étendue
Approcher des hauteurs du mont trois fois sacré,
Mais pauvre prosateur, de ma muse éperdue,
Je ne pouvais tirer qu'un chant décoloré
A ces vers immortels cherchant d'humbles répliques,
De Dépréaux, d'Horace en vain m'étais-je imbu.
J'avais lu par trois fois tous les arts poétiques,
Phœbus demeurait sourd, Pégase était fourbu.
A cet abaissement fallait-il condescendre ?
J'eus recours à Bacchus, dieu de toute saison :
Lui seul a ranimé le feu mort sous la cendre
Et j'ai trouvé la rime en perdant la raison.

VI.

LES DEUX RÈGNES.

A Monsieur Paul P.....

Oui, j'ai fêté l'amour, j'ai subi son délire.
Aujourd'hui c'est le vin qui m'échauffe et m'inspire.

Chacun d'eux a son temps, chacun règne à son tour.
Si l'ardeur du premier baisse de jour en jour
Que les feux du second, circulant dans mes veines
Raniment le bonheur et modèrent les peines !
Le vin réveille en nous et jeunesse et gaîté
Il nous fait voir en beau toute l'humanité.
Lorsque l'Aï joyeux pétille en notre verre
Tout ami semble vrai, toute femme sincère ;
On croit à l'innocence, aux vertus à l'amour,
Et tout semble parfait,... au moins pendant un jour !
La nuit pour prolonger cet aimable mensonge
Par la porte d'ivoire entre quelque beau songe
Et parfois notre cœur, doucement agité,
Croit entrevoir encor quelque réalité
Qui vient donner un corps au séduisant mirage.
Du céleste artisan tout bonheur est l'ouvrage.
De l'amour et du vin Dieu nous donna le miel ;
Quand le premier faillit, l'autre nous rend le ciel.

VII.

ACROSTICHE NUPTIAL.

A deux jeunes époux.

J'avais juré jadis d'abandonner la muse ;
(Un serment de buveur que le déboire excuse !.)
Ma flamme poétique est sœur des jeunes ans.
Eh ! Pourquoi, chers ami, de ma verve qui s'use
Solliciter encor quelques vers chevrotants ?

Célébrer l'hymen on veut que je m'apprête;

Bénissons donc ce jour et cette aimable fête.

Entre ces cœurs unis par le même destin,

Respirant même amour, le bonheur est certain.

Tout sourit à nos vœux, la carrière est ouverte.

Heureux et bon Alfred, jeune et charmante Berthe,

Ensemble élancez-vous au champs de l'avenir

Et de pieux serments gardez le souvenir.

Tout vous sera commun, le plaisir, la souffrance;

Ah! ne laissez jamais germer l'indifférence.

Lorsqu'un léger nuage au milieu des beaux jours

Jera l'ombre au tableau de vos jeunes amours,

Resserrez aussitôt le doux nœud qui vous lie

Et de votre tendresse en assurant le cours,

Dans vos bras enlacés que tout chagrin s'oublie!

VIII.

LE BERCEAU DE MARIE.

A mon jeune ami Ch..... M......

Quand un bouton de rose apparaît dans la mousse,
Le rossignol pour lui prend sa voix la plus douce,
Les chants et les parfums entourent son berceau,
Le ciel d'un doux rayon couronne l'arbrisseau,
Les étoiles des nuits lui servent d'auréole
Et tout sourit autour de la jeune corolle.
Ami, pour cette fleur tu demandes mes vers!
Pour chanter le printemps j'ai trop compté d'hivers.
Le déclin de la vie a des pentes arides,
Mais, selon toi, mes vers n'ont pas encore de rides;

Si je n'accepte pas ce propos trop flatteur,
Le cœur du moins est jeune, entends la voix du cœur!

Si j'étais un puissant génie,
J'irais de mes dons précieux
Entourer cette fleur bénie
Qu'en ton parterre ont mis les cieux.
Ce n'est pas l'extrême opulence,
Ni le sceptre de la beauté,
Dont je doterais sa naissance;
Ce n'est pas la célébrité,
Qui donne carrière à l'envie;
Le sage a dit : « Pour le bonheur
Il faut savoir cacher sa vie. »
Je répandrais sur cette fleur
Les suaves parfums de l'âme;
Son front dirait : *Sérénité.*
En ses yeux je mettrais la flamme
D'une aimable et pure gaité.
Sa lèvre ouverte au doux sourire,
Consolerait le malheureux
Par ces mots que le ciel inspire.
Mais pour accomplir tous les vœux,
Je lui donnerais davantage :
Afin de plaire et de charmer,
Je voudrais qu'elle eût en partage
Tous les trésors qui font aimer;
La tendresse et la sympathie
Respireraient dans tous ses traits,
La candeur et la modestie
Doubleraient ses jeunes attraits;

Elle aurait la douceur, fruit rare,
Produit exquis, don précieux,
Et qui fait sur la terre avare,
De la femme un ange des cieux.
Les goûts d'art et de poésie
Elevant l'esprit et le cœur,
De leur savoureuse ambroisie
Viendraient animer cette fleur.
Quand plus tard à ces destinées
L'amour devra mêler ses feux,
J'irais aux plages fortunées
Chercher cœur digne et généréux,
Et cette fleur qui vient d'éclore,
Près d'elle semant d'autres fleurs,
A ces fleurs donnerait encore
Et ses parfums et ses couleurs.
Voilà, si j'étais un génie,
Membre de la céleste cour,
Ce que ma puissance infinie
Verserait au berceau d'amour.
Mais est-il besoin pour Marie
Ou d'une fée ou d'un lutin ?
L'aimable fleur à son matin
Des dons recevra la série.
Jeune ami, ces dons précieux
Ne sauraient manquer à ta fille,
Car ils sont le présent des cieux
Et l'héritage de famille.

IX.

RETOUR AU GITE.

MARS 1868.

A Monsieur Louis de St-M.....

Il faut quitter Paris, la campagne m'appelle,
Chaque printemps nouveau me la montre plus belle.
Mais de quelques soleils ajournant mon retour,
Je fais par la Champagne un rapide détour.
Là, d'excellents amis, dont le Ciel est avare
Me reçoivent joyeux ; une affection rare
Unit nos jeunes ans et nos joyeux ébats.
Cinquante ans avant peu, sans trouble et sans débats
Ont passé sur des jours d'antique souvenance,
Et nos cheveux blanchis prouvent notre constance.
J'arrive avec bonheur, je traverse et je cours ;
Ainsi passe la vie en son rapide cours.
Mais à tous ceux que j'aime adressant ma pensée,
Je vais prendre pour eux le ton de l'Odyssée.
Depuis l'Aube à la Seine en de tristes guérets,
Quelques bois verts plantés attestent un progrès.
Vers la cité Troyenne arrivons au plus-vite ;
Dans la pierre ou le bois on peut trouver un gite.
Ce n'est pas cette Troie où vengeant mille échecs,
Ulysse en tapinois fit pénétrer les grecs.
Je n'y trouverai donc ni Priam ni sa cendre,
Ni poétique Héléne, et pas même Cassandre !
Le bouclier d'Hector est un bon molleton,
Et le casque d'Achille un bonnet de coton.
Un fils de Saint-Crépin, dans la cité nouvelle
Vit le jour et régna dans la ville éternelle.

Juvénal des Ursins, les deux Pithou, Mignard,
Au lustre Champenois ont apporté leur part.
Enfin pour couronner des Gloires que j'abrége,
De fabriquer des fous Troyes eut le privilége,
Quand des Rois très-chrétiens cotoyant la splendeur
La marotte à la cour avait place d'honneur (1).
Je visite en courant l'église de St-Pierre,
Puis la bibliothèque, où le savoir austère
Repose en des rayons de poussière couverts ;
L'érudit rarement vient fouiller ces déserts.
Je réserve un coup-d'œil au toiles du musée,
Puis je rentre au buffet : l'andouillette arrosée
D'un médiocre vin compose mon dîner,
Et vers le sol natal je me laisse entraîner.
Bientôt un doux sommeil au voyageur propice,
M'accompagne au berceau de ma vieille nourrice,
(La Saône à ses débuts ;) L'aube du lendemain
Me voit des grands coteaux reprendre le chemin.
Je m'arrête à Dijon, cité de gloire accrue,
Où la célébrité s'inscrit dans chaque rue,
Voici le haut beffroi des grands ducs d'Occident,
Jean-sans-Peur et Philippe et ce grand imprudent
Qui mérita si bien le nom de Téméraire,
Et finit en Soudard une folle carrière.
St-Bernard, Bossuet, Bouhier, Piron, Rameau,
Crébillon, puis Guyton, chacun porte un rameau
De l'arbre merveilleux à la sève féconde
Qui refleurit sans cesse en la cité Burgunde,

(1) Charles V ayant perdu son fou, écrivit à la ville de Troyes de lui
en fournir un autre, *suivant la coutume.*

P. L. JACOB, Bibliophile.
Musée des Familles, page 191.

Et forme ce faisceau de gloire et de talent,
Qui va du duc Sans-Peur au maréchal Vaillant.
J'en passe et de très-bons, puis voici la revue
Des coteaux illustrés qui s'offrent à ma vue ;
Romanée et Vougeot vont suivre Chambertin
Dont le bourgeon s'entr'ouvre au soleil du matin.
Salut, grand Musigny ! Salut vieux ceps de Vosne !
Puis abordons Premeau, Corton, Aloxe et Beaune !
J'entrevois de ce point Pommard, Volnay, Meursault,
Et vers le Montrachet je voudrais faire un saut !
Que dirai-je de Beaune à part ses vins d'élite ?
Ce doux présent du ciel n'est pas son seul mérite,
En parcourant ses rues on se sent arrêté
Devant un monument d'art et de charité ;
Le chancelier Rollin, grand chef de la justice,
Pour la misère humaine érigea l'édifice
Aux clochetons nombreux, qu'un pieux fondateur
Institua palais pour le pauvre en douleur.
Je sais qu'un vieux dicton plane sur cette ville
Qu'un cynique a traité de façon peu civile.
N'en déplaise à Piron, n'en déplaise aux railleurs,
Beaune a des gens d'esprit et j'en connais plusieurs.
Voici le monument d'un grand homme d'étude ;
Gaspard Monge revit dans le bronze de Rude.
Ses traits sont modelés pour la postérité
Et contre maints lazzis défendront la cité.
Voici le terme enfin d'un modeste voyage.
Au-delà des prés verts, s'élève un hermitage
Où plus d'un cœur ami palpite à mon retour ;
Là, de bons seviteurs m'attendaient dans la cour ;

Ils assiégent le Brek et chacun d'eux s'empresse
De demander au maître un mot, une caresse,
J'entre dans la cuisine où l'on se trémoussait;
A défaut du veau gras un dindon rotissait ;
Minette a reconnu ma jambe qu'elle frôle,
Et Gris-Gris sans façon saute sur mon épaule.
Le cortége me suit encor dans l'escalier,
Et pour me faire honneur monte jusqu'au palier,
Je dîne en bon bourgeois, puis au dessert je sable
Un flacon de vin vieux qui dormait dans le sable.
Alors il faut conter, aux salons de Paris
Combien j'ai rencontré de piquantes houris,
Comment je coudoyais, moi pauvret, des princesses,
Des sénateurs, des ducs et même des altesses.
— Quelle toilette avait l'illustre M.........?
Son œil, sa main, son pied, out-ils vraiment le chic
Dont on vante t'effet ? La noble chatelaine
Tient-elle sans pitié tous les cœurs dans sa chaîne ?
— Par l'esprit et l'entrain plus que par la beauté
Elle trône au milieu d'un peuple *accrédité* .
Mais quelqu'un m'affirmait qu'à l'époux légitime
Elle garde la fleur de sa tendresse intime.
Auprès de cette reine au sourire énivrant
De splendides beautés brillent au premier rang.
Leur éclat m'éblouit ; parmi ces fleurs d'élite,
Je cherche et j'aperçois la jeune *Marguerite*
A la tige penchée, au regard velouté,
Brillante par la grâce et la simplicité.
On dit pourtant qu'un jour une illustre couronne
Orna ce front si pur où la bonté rayonne.
Cette couronne hélas ! bientôt s'évanouit.
Fleur suave, oubliez une gloire qui fuit.

La gloire la plus pure est de rester aimée.
D'esclaves à genoux vous faut-il une armée ?
Non ; régnez sur les cœurs fidèles à vos lois,
Lois d'amour, trop souvent inconnues à nos rois !
— Des célèbres raouts du grand hôtel de ville,
Quelles impressions subsistent entre mille ?
Du brillant tourbillon par la houle emporté,
Deux étoiles ont lui dans un ciel enchanté
Et chacune en mon âme a laissé son empreinte,
L'une des jours anciens avait bravé l'atteinte
Et dans mes souvenirs j'ai retrouvé l'enfant
Embelli par la vie et du temps triomphant.
Toute à son jeune époux, toute aux devoirs de mère,
J'ai vu l'autre, du monde effleurant la chimère,
En ce vertige immense adresser un regard
À celui qui de l'âme a la meilleure part.
Noble union des cœurs ! aimable et douce joie,
Ne laisse aux noirs destins jamais aucune proie,
Et contre le malheur qu'elle soit un rempart !.
Dans le tohu-bohu d'impressions fugaces,
Voici les souvenirs qui laisseront des traces.
— Et les grands orateurs ? les hommes de parti ?
Et les pièces en vogue ? et Nilson et Patti ?
Et le père Hyacinthe ? Enfin l'académie
Qui fait de ses fauteuils, une ligne ennemie ?
— Dans la grande cité tout prestige a son tour,
On va de l'un à l'autre et l'on passe au retour
De la stalle sacrée à la loge enivrante,
C'est la marche du siècle en sa ligne alternante.
L'académie est toute aux signes du moment ;
Du froc au bonnet rouge elle saute gaîment,

Et des airs discordants équilibrant la note,
Elle embrasse Danton et caresse Nonotte :
— Cent autres questions verraient passer minuit,
Et voyageur lassé, je rentre en mon réduit.
Le lendemain, dispos, je contemple l'aurore,
De ses brillants reflets l'horizon se décore ;
Je descends au massif et sur mon vieux gazon,
Déjà commence à poindre une verte toison,
La primevère en fleurs, l'aimable violette,
De mes prés renaissants commencent la toilette.
Les primeurs aux vitraux triomphent de l'hiver ;
L'artichaut préservé montre son collet vert.
Les bourgeons échappant aux chaînes hivernales,
Aux doux rayons d'avril vont ouvrir leurs pétales.
Dans peu le rossignol hantera mes bois verts ;
Adieu Paris, adieu théâtres et concerts !
Les joyeux papillons, jeunes fleurs animées,
Remplaceront pour moi les danses des almées.
C'en est fait, parcourant les champs et les forêts,
Me voici campagnard... puis nous verrons après.
En attendant je rentre, amis, et je m'empresse
De griffonner ces vers que je livre à la presse.

. . . .

Eh pourquoi tant d'honneur pour la narration,
D'un parcours mieux décrit en mainte occasion ?
Grâce, mes bons amis, pour mon outrecuidance,
De copier ces vers je n'ai pas la constance,
Et je veux que chacun décide : (il sera cru),
Que le Beaune vaut mieux comme produit du crû.
Venez juger ici, nous tiendrons la balance.

X.

Les Sept Phases d'un Rimeur.

A Monsieur l'Abbé ***.

1

Cher abbé, sans être humoriste,
Ni farci de noirs préjugés,
Vous avez dû trouver *légers*
Les vers d'un rimeurs *fantaisiste*.

2

Au fond d'un wagon isolé
Dans une course haletante
J'ai tracé de main vacillante
Les vers d'un rimeur *essoufflé*.

3

Ici je poursuis la mesure
Dans plus d'un fragment bigarré.
Exercez donc votre censure
Sur le rimeur *invétéré*.

4

Bientôt ma muse qui décline
Quoiqu'en disent certains amis,
Vous enverra dans sa débine
Dés vers tracés *in extremis*.

5

Du ciel vous ouvrez les coulisses,
Et si j'en franchis les confins,
J'étourdirai les séraphins
Des vers d'un rimeur *en délices*.

Tâchez donc que de Lucifer
Evitant la cuisine impure
6 Je n'écrive pas de l'enfer
Les vers d'un rimeur *en friture.*

Je m'arrête, car autrement
Mes litanies interminables
7 Feraient donner à tous les diables
Les vers d'un rimeur *assommant.*

J. S.

CHALON, IMP. SORDET-MONTALAN.

www.ingramcontent.com/pod-product-compliance
Ingram Content Group UK Ltd.
Pitfield, Milton Keynes, MK11 3LW, UK
UKHW021200230726
13926UKWH00001B/222